歌集

桜を拾ふ

佐久間潤子

Sakuma Hiroko

青磁社

＊目次

佐久間潤子歌集

桜を拾ふ

悼　中村哲氏

画面には井戸掘る男映りゐて初めの水の飛沫を浴びる

志半ばに斃れし映像は車の窓に手を振る破顔

桜を拾ふ

縄文

稲妻が刹那に見せしこの世の夜の鮮やかなるをひとりのものとす

昇竜のまとへる雲か夕照に湧き立ちていま巻かむとすらむ

幾片《いくひら》か雲は底より照らされていま金色《こんじき》にひとときの燦

大窓にどきりと入り日大空の斬首と云ひし人ありにけり

ひたすらに赤く赤くと夕焼けて今日の片空何事ならむ

たましひのひとつところを凍らせて解くべくもなく陽の中歩む

淋しさは背にしづかに入りきて胸にまはりてしづもりしまま

起動せよ私の心私の身体屋根越しに見る西山は蒼

「透かし見る長城線や星凍る」父の陣中日誌に見たり

故郷の桜の花を偲べとや杏花咲く北支那の春　末岡嘉一郎

つばらかに父の生見る陣中日記星凍るとや北支の長城

一つ星一つ輝く輝きを綱手引くごと引きてみしかな

縄文とふなつかしきかな遥か遥か知らざるものをなつかしきかな

かくれんぼの鬼百年を生きていま解かれたりしか捜し得たりしか

ユカタン半島セーテマセの遺跡

生贄の頭蓋が水に晒されて美しき歯は若きしるしと

可視光となりて吹雪に陽はありぬ白く小さく円く浮かびて

昨夜にはひとつ星が見えし窓今日は雨音聞きつつ眠る

救急車の残響音がしばらくを現まぼろし真夜の目覚めに

起き上がり小法師のやうだ動く度身体が揺れる足が重たい

淋しさはまだ序の口と月光にうそぶくほどの覚悟もあらじ

永遠――ありやいづこに星さへ消ゆと春のはじめに人明かしけり

我が目には見えざるもののひとつ神いづ辺をさして地虫這ひゆく

したたかに草の実付けて帰り来る子や遥かなりもうぢき春が

水仙は咲き揃ひたり垂直に咲くよりほかは知らざるごとく

幾万の言の葉ありや切り取られ切り取られして尽きぬ森あり

真夜に聞く低き唸りはこの星の自転の声と思ひ定むる

レコードの盤がゆらりと波打ちし刹那に楽は生まれ出でけり

永遠は淋しきものとメビウスの輪に銀線を描き続けをり

枝並めて咲き満ちたるもしづかなり白梅岸辺に陽を吸ひてをり

冬眠のやうな冬から起き出でて菜の花畑に足踏み入れる

菜の花にまぎれゆくこと楽しくて蝶より軽い私なるかな

跳べないよ輝けないよ蕊からは射干のむらさき淡きむらさき

誰も誰も輝くことを強ひられて草はととぎすなぜ俯かぬ

夕闇のほの暗がりにほととぎす咲きて斑文不安の匂ふ

穂薄のそよとも揺れぬ晴天の淀川堤防子の家《や》に向かふ

夕べ夕べ金色の雲広がりてああこんなにも街をつつむよ

光りつつ降る星あらば祈らむ祈らむたつたひとつのことを

淋しさを詰めこむポケットありやしないそれなら宙《そら》に放りませう

原籍簿昭和四十三年五月十四日轉出ぼろぼろの父の手帳出でたる

強風《かぜ》の午後窓開け放ち風入るる愚もまた愉し尖がるな愛宕山《あたご》

ざんざんと雨降り夕空明かるめり山一斉に霧湧き立ちぬ

写し絵のごとき一生よ少しづつ薄れて消える人の記憶は

茫漠と記憶の底に沈みゐる声を集めてムンクの叫び

方形の空間《くう》を一瞬過ぎりゆく飛礫のやうな黒き鳥あり

夜更けには風の夢かも見てをらむメリーゴーランド廻り疲れて

大書せる「街をきれいに」看板の薄汚れたる傍を通りぬ

さざれ石の巌となりゆく悠久をつぶさに見せて向日神社は

放埒に生きてこののち幾許を詠はむことも身の証しなり

思ふことはいつも同じ決つてるカラスなぜなくのカラスは山に

在りたるもわづか爺婆までのこと流れに寄りて手を洗ふひま

直立して身の洞などはつゆ見せぬ水仙南を指して倒れぬ

ほんたうに紅かそなたは吾亦紅細き花茎を伸ばし伸ばして

伸び上がり爪先立ちて通りゆく犬を見てゐる隣の犬が

日野正平こころ旅

畑道にくっきり影を落しつつ日野正平は今日も自転車

人間にほどよき乗りもの自転車で日野正平が野の道を行く

逃げ水の上自転車が走ってく跳ねない水の不思議な映像

思ひ出を尋ね尋ねて走ってく海へ山へ町へ自転車走る

火の芯

必然か奇跡か地球のありしこと地に足つければ真暗な空

星の一生は激しきものとこの星も火の芯ひとつ抱きてをらむ

鏡面のビルに生まれてまぼろしの街輝やけり行きて戻らぬ

麻痺の指サボテンの棘に押し当てる刺し違へるといふにもあらず

おぼつかなき歩みとなればかつて姑が我が手を取りしこと思ひ出す

ぬめぬめと薄の若穂光りけり朝の電車の窓過ぎるとき

群青はなつかしきかな小さき頃画紙一面の海輝やかす

朝毎に世界は始まる一条の光はしりて陽は生まれたり

いつの日か尋ねたき村黄に咲ける石南花覆ふ老爺嶺とや

ふつつりとれんげ畑の消えてより記憶あやふし子の年次表

木馬などましてや回転木馬など知らず野にあり子は風になる

歳月は子の髪伸ばし丈伸ばし我には見上げるものばかり作る

店先の春の小面降りかかるさくら吹雪につと笑みゐたる

両の手をポケットに入れゆさゆさと歩むがごとしカラスよカラス

鋭尖の形をもちて飛ぶカラス歩むカラスを飽かず見てをり

舟を編むと人は言ひけり一生かけて言葉の海を渡らむがため

故田中ユミ様

きっぱりと別れの葉書きしたためて神のみもとへ旅立ち給ふ

昇天の自身を描きて去《ゆ》き給ふ届きし葉書きの長き黒髪

故黒田清美様

読経とは逝きたる人をなほ遠くなほ遠くへと押してゆくなり

ここにして死者と生者は花をもて香もて経もてへだてられたる

祭壇の奥にひつたり灯明かりの届かぬ暗きひとところあり

目に見えぬ川を渡りて行きますか六文ほどの銭を握りて

つひの香り菊の香りに埋もれてもう永遠に見開かぬ目よ

のぞかれて花に埋れて眠りをりもうさよならと言へぬあなたは

朗々と声もほがらな読経なり花もて耳を塞がれる死者

橋の陰より大き翼が舞ひ上がり我をかすめて飛んでゆきたり

龍笛

息の音は息の音のまま伝はりて龍笛初音静寂《しじま》押しくる

繭籠る形に身体囲ひつつ一条の音に片耳を研ぐ

ぬばたまを身の芯深く保ちゐる女に男はものを申すな

三国志に己が名見つけしとまどひを背表紙見れば思ひ出すなり

かの人は如何な悲しみ持つならむ葩溶けてさくら色の手とぞ

小畑川に翡翠見たりあの光青《あを》は確かにさうだとひとりで決めて

さんざめく天の言の葉雲の波くつきり朱金の日の入り際の

真球の極まりしとき蒲公英の絮は飛び立つ終りの軽さ

桜　向日神社にて

身に吹雪く桜一樹の下に立つ桜一樹を見失ふまで

吹雪け吹雪け想ひもろとも白渦の花の底我が立ち惑ふまで

幹太く洞もありける桜木の枝垂れの先まで花満ちてをり

散りしげき枝垂れ桜の樹の骨の露となりつつ揺れやまざりき

さりながら桜麗し百年の微光を垂らし咲きてゐるなり

ひんやりと桜の林抜けてくる風に色あるごとき一瞬

散り敷ける地よりふはりと翔びたちて白の無言《しじま》の中の黄の蝶

寸ほどの隙もあらざり桜花咲きてゐるなり満ちてゐるなり

ひしひしと桜は咲けり満身の色は薄紅酔ひて候

千万の言葉尽くして生まれくる一語を未だ持たざりさくら

小畑《をばた》川側道

御衣黄の樹ぐるみの緑《あを》行き過ぎて行き過ぎてああ今年の桜

桜さくら散りやすくしてはらはらと覚悟調ふまでをしばらく

さくらさくら風が騒立つ水面騒立つ我も騒立つ

ゆつたりと羽ばたきふはりと水に佇つ青鷺いつも一羽なりけり

川土手に玩具のやうな風車もぐら避とは愉しきかなや

篠懸《すずかけ》の木に鈴の実が下りゐる千年待っても鳴りはしないよ

この星の燃え尽きる日の記憶にはバラやすみれの匂ひあるかな

御幣を小さく小さく切りて結びたるごとしなんぢやもんぢやの花は

祈る姿

現在に立ちてはるけし父の世に戦ありしこと忘るるなゆめ

悲しみはそこら中にころがつてゐるわざわざ戦争などしなくても

覚悟をと言ひなよ傷つきゆらゆらと前文九条漂ひてをり

九条こそ射られてをりぬざわざわと風吹く午後の標的として

九条は実現途中荒井氏の言葉を深く心にきざむ

九条を守る覚悟変へる覚悟考へ考へ守る覚悟を

「核」が核になりゆく恐怖見定めてゆく背筋の寒さ

人間の祈る姿は似かよひて両手は祈る為にこそあれ

朝毎の新聞紙面に並びたるイチロー快打アフガン無惨

誤認誤爆勝手なことよ謝つて生まれし命一つもなきに

ぞわぞわと船虫動く寒さにて核実験報背を上りくる

負ひたりし傷がぽつんと残りゐる見えない所でときどき痛む

核に我も統べられてゆくこの今をひたすらなりや花の耀ひ

戦争はいやだとたつた一言を言へばいいのにああだかうだと

封印の解かれしこの世の地獄見る二つの塔は崩れてゆきぬ

崩れゆく塔の内部に抱かれし数多の命生きてる命

天を指す光の塔に登りゆく階段ありやありても詮なく

砲煙の止まぬ国措き川土手に黄の一条の菜の花揺れる

ビル二つくづほれゆくを発端となしてまたもや揺らぐ九条

異変には慣れるな鉄の剣を取るな我が九条はそよともするな

ころあひと九条に風が吹いてきた逆風突風つむじを立てて

日本の桜がこんなにきれいな日幾百の死がたちまちおこり

非常時が溢れて映るテレビ見る蟬の鳴き声時代《とき》を貫き

アメーバーのごとく拡がる戦病侵されはじめてゐるか日本も

大方は憎む理由《ゆゑ》などあらなくに国と云へるは不条理なりや

二十世紀の闇を曳ききて拉致されし人の生死の惨さを映す

呼び水となりし九・一一砂の地に有無やもあらず戦始まる

みどり児の笑顔が写るお茶の間のテレビに今日もイラクが映る

裏庭の通路の蟬のなきがらがボロボロ崩れみぢんとなりぬ

半月が赤く貼りつく西の空テロの予告を告げゐるニュース

否否と声なく言ひて手の中の赤まんまの粒残さずしごく

たつたひとつの小さな星がうかんでる街が広がり私も住んでる

火を喰ふは人間なりき原子炉に色を見せざる火が燃えてをり

ヒロシマもナガサキも晴アメリカを名指して問ひし二人の市長

たったひとつの星とは淋しこんなにも緑溢れて人溢れても

一日を照らし終りて沈む太陽《ひ》や子にも我にもあした青空《てんき》になあれ

矢を放ち己が墓処を定めたるロビンフッドに永きあこがれ

夕暮れははよ帰り来よ暮れぬうち鬼もそろそろ出番待つゆゑ

カツカツと踵に力を込めてゆくどこにも怒りのやり場のなくて

藪際の泰山木の花を見にキーコキーコと自転車漕いで

店先の菊一文字の刃の冴を確かめしのちしづかに戻す

岡崎の疏水の夕べのしばらくを鴨と分かちて家路を急ぐ

桜闇仰げば天下に晒されて喉元危ふく風過ぎるなり

青々と原子炉に火は燃え続け誰か昼寝の夢破られて

原子炉の炎は青か赤きかは知らず手に持つ片道キップ

さやさやと若葉さやげり晩年の確率論は狭められゆく

改札に片道キップ差し入れて見上ぐれば落ちてきさうな天

花はなほ落花の一途辿りつつうらうら春の大気は揺らぐ

手に受ければまだ鮮《あたら》しくやはらかく花の措辞をききたるやうな

さびさびと死にたる父を思ふときかたばみの実の弾けてゐたり

「さくらさくら弥生の空」還りくる古きオルガン象牙の匂ひ

たんぽぽの綿毛はをかしまんまるを風より先に吹きたくなりぬ

満開の桜のはらむ薄紅の時間の淵《ふち》に我も佇ちをり

流れゆく水に桜は映りをりとどまらざらむ水にとどまり

千年ののちも咲《ひら》けよ木の花はほのくれなゐに世を染めにつつ

西山にぽつぽつともる桜見て今年のさくら終らむとする

切り抜きの整理を終へて夜半二時千のかはづは勢ひて鳴く

思ひ出せない花の名前が多くなりハッカ噛んでも思ひ出せない

灯《ほ》あかりの見せる陰影背表紙にとぢこめらて物語り老ゆ

銀木犀はいたくしづかに散りてをり幽けく月と照り合ひにけり

この世の青を集めて漉してたまきはる露草の青この手に掬ふ

これの世を越える一瞬想念の届かば我は夕焼を見る

凌霄花

切り岸に凌霄花散り続け天上花とや夢に散りつぐ

草丈を登り詰めたる昼顔は自身を巻きて揺れてゐるなり

登り詰めたる草もろともに倒れたる昼顔ひしと咲いてゐるなり

折鶴が万羽折られてこの年もヒロシマナガサキ夏闌けてゆく

古代人の魂のやうな紺青の珠実ひとつを付けし草あり

消えてゆくそのことだけが真実で足跡だけが化石になつて

片耳のピアスとなりて三ヶ月娘が来るまではこのままずつと

逆のぼるこころ言葉の源に人を恋ふると言ひし人はや

輪廻転生は要らぬ命は新しくハッカのみどり瑞々繁る

底ごもる鬱の熱気と七夕の銀河は誰に向かひて崩る

銀河とや星のなだりに思ひたる人の言葉の美しきかな

かたはらに子の在ることを疑はず八月六日暮れてゆくなり

天空の怒りのごとく夜の雷の四方を照らさば我も的となる

ひまはりが項垂れてる真昼間を我と自転車調子良きなり

戦争を憎む心が足りないと蟬がわんわん鳴いてゐるなり

何だかんだ言つても軍拡競争で飛行機雲は美しくない

満月の夜に釣られし魚の目は円き光を映してをらむ

十月の雨は寒さを降らしくる誰も泣く人なければいいに

夕焼の赤鬼の赤クレパスの赤溢れ出て彼岸花咲く

太陽は西に沈めり古里は西にありけりまだ陽の中に

片足の爪先ばかり躓きて日の暮れはやき秋にとまどふ

さらさらの水になるまで米を研ぐ十月尽の娘の誕生日

雨音を聞きつつテレビの満月《つき》を観る大きく光るここにない月

悲しみは悲しみのまま抱いてゆく入り日は赤きままに沈みて

彼岸花彼岸にも咲け赤々と父の足元照らして咲けよ

一鉢のもみぢなりけりくれなゐの一葉一葉を手にさやるなり

なみなみと杯を満たして薩摩白波父の墓前に一献献上

九条も反原発も負ひゆくに揺れにぞ揺れる紅葉するころ

それぞれの色に散りゆく落葉なり私の終りの色は何色

鳴門海峡

渦巻きつつ銀河は遠く離りゆく鳴門の渦は内へ内へと

海峡は潮の通ひ路いかにもと春の大潮渦巻きてをり

水仙の丘に登れば水仙の香の青むまで海の群青

潮流が落ちてゆくなり瀬戸口に切り岸ありや鳴門海峡

大渦はまさにみどりに輝やきて底へ底へと誘ふごとくに
いくつもの渦を巻きつつ奔流は外へ外へと轟く鳴門

渡月橋

霜月は身を擦り合ひて渡りゆくかはたれ刻《どき》の渡月橋上

風景となるまで佇てる托鉢の僧を見て過ぐ渡月橋上

素の足を吹き抜けてゆく風の中托鉢の僧揺らぎもあらず

打ち砕かれて月片はありさざ波といへども強し実存とふは

何をもちて詠ひゆくべききりきりと枯葉巻き上げ冬はこれから

渡月橋とふ橋夕暮れて渡るとき天心少しずれて月あり

枯れ草は温きか中州の日溜まりに呼び交しつつ百雀遊ぶ

淋しさは月に届かず陽に溶けず花柊の痛き匂ひぞ

ゆらゆらと地も気も揺れてトルファンは映りてをりぬ火焔《くわえん》山見ゆ

朝には銀色の筋夕べには金の筋引き機は西へ飛ぶ

をごころの尖がりゆく夜か川登る鮭の総身は緋の色放つ

弱しとも強しともまた愚かとも我は生きをり柊匂ふ

あかあかと命の果ての明るさに散りてゆくなり黄葉紅葉

素枯れたる草打ち臥せる痩川に青鷺と目を交はさざりけり

地球儀を拭きつつ腕にかかへ込むこんなに小さき地球なりしよ

両の手に抱く地球儀傷ありて触れし痛みはどの国ならむ

青鷺の飛翔の姿たつぷりと風をはらめる翼ゆたけし

この星を吹き消すほどの大風がいつか吹きくる天の一角

山の端に入り日の底が触れし今十月十六日五時四十七分

たましひの凝る夜なり月中の藍とふ人に怯む夜なり

曇天に一点円き白がある陽かと思ふに間を置かず消ゆ

愛宕山

愛宕山白く尖りて冬朝の街を統べたり蒼穹の下

あのあたり老ノ坂かな山の向かう霧低くして秋朝の底

照りかげり照りかげりして愛宕見ゆ神の御座《みくら》はあわただしからむ

ひとところ霧立ち込めて動かぬは秘事などを話しをらむか

しぐれきて峡より架かる片虹に愛宕はいまし神の領域

こころにも身にも翼を持たざれば低く歌ひて歩みゆくなり

しづかにも雪は降りきて降り積もる音なきものは深く鎮もる

あれが愛宕愛宕指す人橋の辺に今朝は真白く雪を置きたり

我の持つ鎌より尖がりこの月はあの星までの距離測りをり

夜の底とふ言葉を選ればば冬の夜の底につんつん星透るなり

善峰寺の鐘

大晦日正月一、二、三日仕事に行く夫怒ろか褒めよか

居ずまひの正しからざる一年の一日もらさず鐘一つ撞く

鐘撞くと眠りゐる子を起こしたるかの日は遠く善峰《よしみね》寺の鐘

鳴り渡る鐘の音色の幾色ぞ四方に聞こえて年終らむとす

百八つの鐘鳴り終りいくつかの煩悩はやも騒立ちてをり

娘がひとり旅路にあればこの年はまづその無事を祈りまつらむ

鎮魂も希望も鐘は一色に新しき年満たしゆくなり

好きな色は赤と応へる応へつつもつとも遠き色と思へり

ふとさはりし枯れたるバッタカサカサと枯葉のやうな音をたてたり

小さき小さき花にも蜜はあるらしく小さき小さき蝶がきてをり

「マッチする祖国」ののちもぐだぐだといまだこの国揺れてゐるなり

人間にも虫にも冷たい人間が地球にだけはやさしくと云ふ

人間にやさしくされよがされまいが地球は廻る缶蹴り上げる

丸善で購ひし地球儀最後にてほどなくのちに店閉ざしたり

たましひの乱舞のごとくシャボン玉藍青の虚に次々と吹く

丸善のカード出でたり閉められて三月《みつき》ののちに本の間に

淋しさに果てのあらねば吹く風も果てなかりけり吹かれて行かな

知らず知らず口ずさみゐる「とおりゃんせ」私は何処に行きたいのだらう

「どこかに故郷の香りをのせて」四朗さんが歌ふカメさんが好き

テレビ番組十津川警部のカメさん役の伊東四朗さん、番組の中で歌ってた

ＭＲＩ検査

一人乗りの潜水艦に居るやうなＭＲＩ検査目つむりをれば

潜水艦のボイラー音にも聞こえきて潜りゆくごとＭＲＩ検査

心音とも蒸気音とも聞こえきて少し眠たいＭＲＩ検査

日も月もゆらぎて出づる東山病棟の窓磨かれゐたる

今日テレビで偶然に見し故郷に私の知らないヴェラ野母崎《のもざき》

西向きに歩いてゐることだけわかる夕焼薄れる知らない場所を

絶唱はかくも切なく調ひてはるばる人は去りてゆきたり

火屋《ほや》の火を入れれば遠き縁日のアセチレンガス大伯父の顔

明日死ぬるために今日を生きねば花はまつたうに咲きまつたうに散る

地球は星走って星を一周する男ありけりなんとまあ拍手！

廻るゆゑ星はまあるくなるらしき国境線はまあるくはない

地球を走り一周する人宇宙船に乗りて地球を離れゆく人

星を浸す水はどこへもこぼれないとっても不思議思へば不思議

私のＤＮＡを切り取ってどこかへばらまいて億年後の地球が見たい

トポロジーとは不思議千万分かるやうな分からなさコーヒー淹れて考へる

地震

ゆっくりと身体が揺れる眩暈する遠くで大きな地震が起きてた
ねっとりと灰黒の海水が盛り上がり盛り上がり盛り上がる
とてもとても信じがたかり校舎の三階の窓の自動車
見えざるものの禍々しさ限りなく青々と海瑞々と樹々

風が運ぶものタンポポの絮ちぎれ雲一塊の放射性物質

恐しきことはテレビで知らされるビンラディンの死も東日本大震災も

小さな缶にコインが少しづつ溜まるいっぱいになれば会ひに行きます

原発がこはれゆくのをお茶の間にテレビは日毎つぶさに見せる

夜の海が燃えて広がる音もなく匂ひもあらず画面は映す

家毎に花の溢るる一面をリハビリロードと名付けて通ふ

振り返るには近すぎる三月の大変まだ背に触れてる

そこだけを切り取れば妖漆黒の海を這ふ火の色のすさまじ

人形の見つめる視線は海に向く３・11後の防波堤の上

私には何ができると思ひつつ何もしない一年が過ぐ

一年後人《のち》の居らないいくつかの町はそのまま二年目に入る
私はどうだらうわづかばかりの放射能を受け入れる準備はあるか
雨の日の鉄の匂ひの強まれる阪急踏切りゆつくり渡る
もうだれも遊ばぬ玩具組み替へてときどき遊ぶまじめに遊ぶ
魂の重心といふ言葉聞く被災の後の福島の地で

空つぽの運動場の角にあるビニールシートの下の被災

大方の条理の間にいくつかの不条理を置き地球は生きる

時系列に添つてやるには遅すぎる天まで飛べば後はどうなと

椰子の実は遠く流れ来震災の木切れは何処をさまよひゐるや

避けやうもなくやつてくる悲しみの一本道のほの明かりして

死にて作る歴史はるけし故郷に父母は死なざり我も死なざる

父の原稿用紙支那出兵

支那の地に父も征きたる支那の空長城線上星凍るとや

線路補修するたび壊されまた補修延々として歌にありたり

人々はやさしかりとて戦中に父と笑ひて写真に写る

彼の国の杏の花の咲きたれば桜偲べと云ふごとときかと

ボロ〳〵の手帳ボロ〳〵の原稿用紙行き場なきまゝ我は持ちをり

ここに誰がゐても淋しき影伸ぶれば終る影踏み遊び

未整理の写真なかなか片付かず具体のひとりひとりの温み

すでに秋木の葉色づきはじめたり中途半端に知りたる無情

浄土とはこれか入り日の没り際の光は天つ雲荘厳す

燕

ものを喰む子のひたすらは切なかり子つばめ六つの大き口あく

つくづくと大きくなりぬ子つばめや口のみ見えて餌ねだりたる

思ふまい一億年後の星のことなどつばめ子大き口あく六つ

少しだけ飛燕の姿見せはじむ子つばめことんと死んでしまへり

巣立ちたるつばめ折り〳〵帰りくる六羽のうちの一羽がをらぬ

羽ぜはしく燕は帰る来年も帰つておいで待つてゐるから

片羽づつ羽づくろひする燕たちドレスの具合楽しむやうに

紀子

乳癌を疑はれし娘と宮へ来て吉と成るまでおみくじを引く

まこと恐しき字なり癌とはこの字なければ心は少し救はれる

消防のサイレンの音しきりなり雨夜の空は仄明かりせる

まだ少し不安の消えぬ二夜さを声にして言ふ「癌でなくて良かった」

故郷　一

日も月も海より上り海に没《お》つ我の故郷遠き故郷

沖合ひに軍艦島はぽつねんと左舷ばかりを見せる望楼

枸杞の実のつぶらつぶらを摘んでゆく父は枸杞茶を作りてゐたり

藪椿権現山《ごんげんやま》に咲く頃は磯が賑はふ町も賑はふ

青麦は海辺の風によく似合ふ山桜《さくら》が咲いて菜の花咲いて

屋根伝ひに遊びに行つてた隣家の早和ちやん照ちやん元気でゐてか

山桜一枝を持てる男あり春の潮の匂ひゐる道

赤い着物着《べべ》て私は波に攫はれた漁師のをぢさん助けてくれた

担がれて病院へ行く途中道担がれながら見てゐた情景《けしき》

磯菊の花を集めて蕎麦殻に混ぜて枕を作つてた母

盆の日の墓処は楽し小さき頃線香花火次々ひらく

柳箸まつすぐ立てる仏飯の盆の風習《ならひ》を覚えてゐるが

縁台を組む家々は夏の夕戸を開け放ち家開け放つ

おくんちの獅子は恐いよカチカチと歯を鳴らしつつ近づいてくる

泣く子はどこだ獅子に頭を食はせようふるさと無くして泣いてる我は

望楼は権現山の頂にありてほんとに眺めがよろし

この先は海ばかりなり見はるかす水平線は少しまあるい

お大師さんの講のある日は賑やかに大鍋いっぱい煮物もできた

墓を移す

この場所で我等を目守《まも》りくれたりし祖先の魂放つはかなく
放たれし御魂の行処あるらむか宙に還れよ遥か遥かの
幾代をここに眠るか知らざれど終の代ともなりえぬ我は
参るべき墓のなければ故郷は私限りのふるさととなりし

故郷の父眠る墓移さむ日我が半生の挽歌となさむ

死にて作る歴史なりけり祖々は知るも知らぬも我の温もり

死にてつくる歴史よここに累々と父系の祖は海に向きをり

父の骨移さむ朝海に入り手を洗ひたり気を洗ひたり

もろともに移さむ骨も魂も海の青まで移さむ思ひ

墓を移す残る思ひは大立神《たてがみ》岩の岩の根方の海に沈めて

千年を死に継ぎてきて築きたる墓を移す日晴れよ彼岸も

墓を無くし祖を移して故郷にいよよ研ぎゆく漂泊の芯

故郷の墓失へばただそこに在りて安けしみ寺よ永遠に

精霊流し

ひたひたと命の端を浸しくる精霊《しやうろう》流しの夜の波音

線香の火は点々と続きつつ汀に作る長き結界

ここが結界夜の水際に点々と線香の灯はゆるき弧を引く

結界の灯火とまがふ線香をひとつひとつ消してゆく波

死者達の魂送りせむ男らは香を纏ひて海に入りゆく

麦藁で精霊舟《しやうろうぶね》を編みあげる西方浄土はすぐそこにある

空の闇海の真闇の合ふところ浄土と云へり魂送りせむ

舟を押して少し沖まで泳ぐ人沖に点々灯りが点る

カイセン〱ドーイドイドイ精霊流しの夜の華やぎ

我が父はいづこの舟に乗りてしや沖に流れる灯り見送る

精霊舟はウリもスイカも乗せてあり明けの浜辺は少し楽しい

藁舟は海を汚すといつの間に無くなり盆の情景《けしき》も変はり

故郷　二

台風の波を追ひかけ逃げかへるさういふ遊びをしてゐた昔

姉ちやんはたらひをわざとひつくり返した大人になつて妹言つた

舫ひゐる小舟に上りては飛び込むをくり返し舟底《そこ》をくぐりて今日はお終ひ

うみうしをつついて出したむらさきの色の凄みをいまだ忘れじ

岩礁に囲まれ小さき潮の池藻がゆうらりと手招きしてる

みどり色に透き通る底怖かりし見えて見えざる海の底なり

見晴るかす限り青青海の青廃墟のごとき島一つ見ゆ

ゆうらりと浮き桟橋は上下するこの大きさで足りる小舟と

台風の灰色の空うねる波渚をたたき巻く波が好き

そう、そこを曲がれば大立神《たてがみ》岩見えてくる大三角に尖る大岩
長崎県西彼杵郡《にしそのぎぐん》野母崎《のもざき》町角二もうない町の名

薬売りのをぢさん

水あめを買はずに見てゐた紙しばゐあれは割と恐いお話
破れ傘をひら〱ひら〱飾りつけ薬売りなり話しが上手
いつもいつも破れ傘だつた年一回のきれいな新しい破れ傘

盆まつり

近藤ひろみち氏　過疎化が進み踊る人も見る人も少ない

故郷の祭りの責を引き負ひて淋しと言へる人に会ひたり

地味な唄地味な踊りを継ぎくれる人の少なさ淋しさを聞く

「ちゅうろう」は野母の盆唄地味ながら近藤ひろみち氏しみじみ唄ふ

権現山から

昨日行きし軍艦島がぽつねんと青の真中に見えるさみしさ

山頂の方位盤にしるされてチェジュ島があり五島列島あり

故郷　三

生家なく山畑のみのふるさとに帰らうべきや帰らざるなり

砂浜で運動会がありしころ町をあげてのお祭りとなる

墓所《はかむら》は町一番の眺望《ながめ》にて余すなく見す町のかたちを

小さく白き手の骨ひとつ拾ひたり貝殻拾ふ焼場の下浜

夕毎に落日を見て駆け帰る望楼までの半分の道

望楼に登れば西は何もなき潮豊かなる故郷の海

故郷に田圃はなくて麦ばかり田圃をながく知らざりしこと

畑より帰る夕暮れ息詰めて焼場の横をゆつくり帰る

干網《ほしあみ》の陰に寝転び灯台の灯りが一周する間を計る

標的となりて輝やく灯台を撃つ一瞬に光を浴びて

天照らす月はこの浜照らしつつ天を渡らむ海を渡らむ

月の道は遥か続けり海空の限りもあらぬ彼方の沖へ

十五夜はお重茣蓙など敷き並べて月を待ちつつ宴始まる

ぎをん祭りの神子《みこ》の白絹緋の袴美しかりき町巡りゆく

トノギャンとふ祭りのありて大太鼓腹で支へて叩く人あり

打ちおろす腕は神代のまゝならむ遠雷のごと大太鼓鳴る

鉦太鼓町は漢《おとこ》の祭りなれ漢美し海を持つゆゑ

モッセーは浦の祭りや小さき男子《こ》が長き竹持ち港を廻る

大漁旗飾る船々紡ひ綱に継ぎて廻す小さき浦海

古井戸は夏一日の大掃除浜の小石の入れ替へをする

敗戦後権現山はアメリカの駐留軍のジープが走りて

父は漁に私は母と山に行き薪の下にへビを見つけた

故郷は海に向く町昼日中男は眠る深く眠れよ

我が生の起点はいづこ海底に魚族の裔とたはむれてをり

故郷は海に向く町ことごとく海に向かひて墓のある町

故郷は日本の岸辺寄せる波海に入る日を見て育ちたり

一心に春の記憶を辿りをり潮鳴るばかりの故郷なりし

攫はれて打ち上げられてくり返し殻となりたる貝が鳴るなり

酔ひたれば洒落唄ひとつ唄ひたる父の呑む酒いつもまあるい

今だにも末岡の嘉一郎さんの娘とはまぎれなく我が故郷ここは

歳月をへだてて真向かふ故郷の海に入る日の美しかりき

落日を裡に沈めてさて「明日の日和は」さらば故郷

母が語る鬼の話しに怯えしは父の不在の長き夜のこと

正月の祝飾りは故郷の習ひで飾る干潮待ちて

てまり唄楽し〳〵とまりをつく今に思へば怖き唄なり

この海に涙は返すその後の行方は知らぬ私は帰る

犀星のいみじく云へり故郷ぞバス停の傍百裂きの浜木綿

係累の大方は無き故郷や忘らるることも諾ひてをり

海辺に住んでなぜか小さい頃から台風が好きだつたあの波が

台風が好きだなどとはしかしあの妖しき天よ妖しき雲よ

長崎に伊王島あり戦場の硫黄島だとずつと思つてた

通りやんせ〳〵ここはどこへ続く道権現山には進駐軍居て

近藤スヨカさん

姉と呼べるひとりがをりぬここにをりぬ故郷に繋ぐひとりなりけり

同窓会

野母崎は一夜しとどに洗はれて六月五日眩しきみどり

前回より三年後の同窓会二人の訃報まづ黙禱す

変はりたるもの変はらざるものなべてなつかしきかな故郷とふは

どうしても繋げない名と顔があり五十二年目の同窓会なり

誰も彼もちやんと呼び合ふ久しくも呼ばれて我も呼び返すなり

もう我等いつ死んでもをかしくない同窓会の間隔狭む

先生はお元気なれば朗々と声透るなりああこの声です

故郷に墓の無ければ帰りくる縁もなくて遠きふるさと

宴なかば夕陽は見ゆれ友ら皆窓辺に寄りぬ陽は海に没る

酔ってってもハイヒールで踊る悦ちゃん私は履けないよもうハイヒール

カラオケの順番すべてパスにする私と似た人一人をります

我は野母に夫は若狭に二夜さを二つの海の波の音聞く

隅っこが好きですここに陣取って皆《みんな》の歌を聞いてをります

橋田和尚とゆっくり話すは初めてなり日向《ひなた》の声を慎しみて聞く

畑道で

「もう帰りか」麦藁帽に聞かれたりしばらく後に思ひ出し「山田」

故郷　四

夏空の青海の青　野母崎は夏に来るべし青の真中に

思ひ出を探して歩く我のため波はいつでも寄せては返す

干網も網上げ棚もなくなりて身ぐるみ剝がれた様なふるさと

海へ還る死者達の為の線香を立てる浜辺もなくなりにけり

「まだだいじょうぶ」波が言ふ　やさしい人にもたくさん会つた

「おおおおい」「〈」私の故郷元気ですか子達と一緒に会ひに来ました

絶えまなく寄せては返す波の音鼓動を合はせ歩みてゆかな

沖つ瀬は沖にそのまゝありながら砂浜は消え消波ブロックに波砕け

故郷　五

電話線が風に揺れゐる昼下り長崎からの声も揺れるよ

白内障手術

今我の目は不思議なり虚は実に実は虚のごと揺れてゐるなり

信号が幾重にも見えゆらゆらともはや猶予のなき我が眼なり

眼中に一滴虹の落ちしごと色広がりて手術始まる

見開きて瞬きできぬままの目よ水に映れる万華鏡なる

目の中に虹色の水広がりて万華鏡なる万華揺れゐる

水盤に虹色綾なすごとくにも眼中に水動きまはりて

「はいとてもきれいに成功しました」「ありがと先生楽しみです」

病室のカーテン越しに見る外は空よりほかに何も見えない

半眼に我を見るなり幼子はミルク飲みつつ確かめるやう

一本の線壁の文字くきやかに見ゆ眼帯をはづしたるとき

稜線もビルも道路もことごとく見るものすべて輪郭が立つ

こんなにもひどかつたのか顔も手も術後の眼にさらされてをり

樹に木の葉　花にはなびら遠目にも見えて術後の目の確かなり

血圧が高すぎると言ひ看護師は立ち去りしままなかなか戻らず

また一つ宿題もらひたるごとし退院後に待つ病名二つ

見えるとは明かるきことか病室の広き窓よりみどりが明かるい

日赤検査入院

一つ検査が次の検査を呼び起こしいつまで続く今日は七つ目

私の身体赤信号か黄信号か車は黄色に止まりつつあり

もてあます二週間かな生検は二週間のちその二週間かな

香りのやうな楽《がく》を聴きたり消灯ののちの無聊に眠らむとして

這ふ虫を潰さむとして思ふかな私も同じ死にゆく仲間

図書室書斎応接間避暑地にもなるカーテンの内

蚊が一匹ステロイドたつぷりの我の血をたつぷり吸つて帰つて行つた

退屈じやないかとクモが聞いてくる潰されぬうちお帰り小童《こわつぱ》

響

祖母となる日はすぐそこに七月のカレンダーの空ことに青かり

汝が父の産まれし日のこと話しつつ祖母二人して喜び分かつ

お父さんになつたよ隆が母さんをいつも覗きに来てくれる隆一《こ》が

始めて赤児《こ》にふれしごとくに夫は言ふふにやふにやしてるさはれば動く

むにゃ〳〵と顔をつぶして動く孫《こ》に還りくるなり息子《こ》の小さき頃

目も口も手足もまるごと命なりくにゃ〳〵動く二ヶ月の孫は

ずっしりと抱き重りするみどり子が秋の光に目を細めたり

愛しさは千の眼を見開きて見詰めてゐたし響《ひびき》と云へり

あ、また成長したなひと月ぶりの響はスコンと寝返りをうつ

宮参り

祝詞の間眠れる赤子やすらけく眠りて聞かば芯に響かむ

抱かれてふくりと晴着に顔うづむ赤児支へて記念撮影

カレンダー捲らずにあり七月の七夕のまま十月暮れる

放しがたき温とさなれば幼子の眠れる間を抱きつづけたり

にーっと笑へば笑ひかへしてみどり子は笑まふことから覚えはじめる

ばあばくおっちんとんと袖引かれ袖を引かれて心引かれて

見開けばまなじりあたりに現はれし汝が父に似し眼に応ふ

少し腰引きて仔犬に対ひたる響も犬もワンとなきたり

泣く前の表情《かほ》のゆがみの一瞬が息子に似てきし二歳の響

かけつこを覚えて君が駆けてゆくまた駆けてゆくゑのころ揺れる

ゑのころは抜けやすければひとつふたついつぱい数へてをさなに余る

あした響にジャンケンポンを教へようい寝つつ思ふ笑顔が浮かぶ

かつて日本に特攻兵が在りといふ学窓途中の若者といふ

二粒の豆をいただきこののちも健やかなれや節分の夕

節分の鬼面の母を怖がりて「面とれ」「面とれ」べそかき響

昴

極点の北つつむがに手を繋ぐがにアメリカロシア息の白さは

見上ぐれば井の字四筋の雲曳きて鳥より高く鳥より速く

しろがねの光を返し飛行機が秋蒼天をゆつくり動く

指し示す幼の指先雲よりも透けきものを我は見てをり

我が心揺すり幼が駆けてくるおぼつかなくも手をさしのべて

示しやる姿勢などなき我に来て幼の眸澄み透りたり

歳月はいまに極まる幼子の眠りゆく際の手の温とさや

我よりも狼藉好きの男の子にて本散らかし嬉々と我見る昴

地球儀を購へば世界は親しくて何処の国も手の中に入る

つくづくと日本小さしきれぎれに抱《いだ》き合ふごとよりそふごとく

ぎざぐの海岸線をきざみつつあぶなげにあり日本列島

この海がばあばの故郷に続きゐる泳げいつか響昴

かげりなき幼の表情《かほ》や泣くま際への字の表情《かほ》のいと愛しけれ

サンフランシスコ

一、

径子今日からサンフランシスコに語学留学

水撒けば髪にも虹のかかりけり娘の新しき出立の朝

二、

径子帰国の前に私も十日ほどサンフランシスコに行った

娘の部屋の窓より少し海見えて海思ひつついつしか眠る

朝霧に今日は見えざるブリッジの方より汽笛聞こえくるなり

「Are you ok?」サンフランシスコの電車でつまづき覚えた言葉

娘は私のために部屋を離れた場所に借りていて私は一人で暮らすことに

道なりに辿りて行けば海崖《うみ》上に出る今日から我は一人なりけり

ノリエガのゆるき坂道後向きに少し下りてまた前向き下る

バスに下る急坂気圧一気圧下るか身体浮くごと跳ねる

家が斜めに建つてゐるいやさうじやないバスごと私が斜めに走る

地が揺れるごとくにバスは揺れ続くことにこの道急坂多し

娘の友はバス通学をあきらめて自転車通学始めたりしと

「スリーフォー」「スリーフォー」番地だと思ひしに違つてた「Please hold」「Please hold」

リンカーンパークのリージョンオブオナー美術館のそば感臨丸の百周年記念碑があり

美術館の入り口近くのギター弾き誘ふにとても良き曲弾ける

ゆつたりと閑かな景色の行き止まり閑かなしづかな美術館なり

ぽつねんと感臨丸上陸の碑がありぬとても閑かな小径の奥に

木立ちの陰にひつそりとあり感臨丸の字西海岸の崖覗きこむ

家々が寄りそひて建つ坂沿ひは百年前の地震後からとや

ツインピークス〈と言ひつつ行かざるツインピークステレビで見た街

私も知ってる〝アルカポネ〟この部屋と指し示されし刑務所の部屋

鉄格子に見通すアルカトラズ島ゴールデンゲートブリッジ渡り終へ

ゴールデンゲートブリッジの眼下に見えしアルカトラズ島潮速ければ逃れられぬと

グランドキャニオン

目の手術してから来るべきだつたここグランドキャニオンの縞がぼやける

赤い靴と谷底だけが写ってる自身で撮った娘の写真

スニーカーと崖に突き出た出っぱりは娘が一人立てる小ささ

この娘は怖いもの知らず崖に突きでた小さい岩の上私が怖い

幾年を経てみどりなき谷のぞく向かう岸遠く崖美しき

西へ西へバスは走るよ夕陽中疲れ尽くしてバスに揺れをり

サンフランシスコのチャイナタウンは大つきくてジャパンタウンはほんの少し

ジャパンタウンの入り口のそば赤い小さな小さな鳥居がありぬ

路面電車の線路を廻す仕掛け見たこの町古くて新しい

ラスベガス

ラスベガスは楽しい街だ明かるくきれい娘はスロットマシーンやってる
私は言葉がわからないそれでも見てて楽しさう負けて終り
噴水を見ながら歩く街中は日本で想像《おもつ》てた街とまつたく違ふ
アーケードの二階の通路歩きつつ見上げれば青き空が伸びてる

観《み》たい舞台があると一緒に行った歌劇楽しい楽しいけれどわからない

帰国

ひたすらに歩きしゴールデンゲートブリッジ夕べの部屋より灯りが見える

霧の中を汽笛いくつも聞こえくる帰国の朝のサンフランシスコ

日赤入院

マグノリアのつぼみが二つ付いてゐる入院の間に咲きて散るかな

日の丸と赤十字旗を朝七時高く掲げて玄関開く

腎生検機械の後は人の手でひたすら背を押さへて止血

はうじ茶の香が朝一番に匂ひくる今日が始まる香りが届く

第一日赤夕っ方の屋上のドクターヘリの着音を聞く

母

夜をこめて生の在処を確かむるごとく言葉を紡ぎゐる母

萎えしときの母の目の色青くなる空の色など映してをらぬに

唄ふやうに母は言葉を紡ぎ出す「わからんわからんいっちょんわからん」

眠りゐる母に過ぎきし歳月の短かくはなし遠花火上る

子守唄唄ひゐる母誰のためもうすぐ眠る自分のために

本当に言ひたきことの言へぬ母半鐘のごと壁叩きたる

悲しいよ母さん子守唄ばかり子どもはとうに大人になつた

ベッドより抜け出て立てぬ母なれば百舌鳥より鋭き声を放ちぬ

木犀の香りはどこまで抜けてゆく母のかたはら過ぎて月まで

今年の桜母の意識の埒外に咲きて吹雪きて散りてしまへり

ら行音増えて妖しの国に棲む母よ今宵はいづ辺に遊ぶ

眠りゐる母の傍もう使ふことなき眼鏡編み棒があり

強き言葉を投げて悲しき私なり贖罪のごと母を詠ひて

母を呼ぶ母の声音の切なかり九十五才がその母を呼ぶ

少しづつ始末をつけて彼岸へと歩みゆく母車椅子足は地上十センチ

地上十センチ母の界なり地に足は着かずともよし生きてあれかし

この空は西へ飛行《と》ぶ機の多くして今も一機が西へと光る

母が母を呼び続けをりその声のま悲しくして霜夜を透る

母の目には何が写つてゐるのだらう永遠に合はざる目線が二つ

たれかに逢はむため母は死ぬやも本当はだあれもゐないまぼろしの国

真幸《まさき》くと祈る年初に幸不幸分かたぬ母の声響くなり

「よいしょよいしょ」は生きる言葉か日すがらをよいしよよいしよと生きる母なり

母よ母よ何を思ひて声あぐるやさしと云へぬ娘がここにゐる

死にたしと言はなくなりし頃よりか母はゆつくりほけてきたりぬ

占めらるる位置の確かさ母が居て母の独語を隣室に聞く

母よ夜は眠るものなり月明《げつめい》にひとり起きてりや淋しからうに

肺活量は我よりあるらし朗々と声あげてをり息長く母

青春を詠ひそこねて老しるき母詠ふとは思はざりしよ

ほけてゆく母を詠ひて我もまた老いてゆくなり母におくれて

泣かないよ淋しまないよまるごとを母生きをれば夕日がきれい

日すがらを眠りて過ごす母のため星よま昼の空にも降れよ

意味不明なれども母が唄ひゐる待ちませうとは何を待つらむ

七月二十八日午後五時二分誕生男子

お父さんになつたよ隆が母さんをいつものぞきに来てくれる孫《こ》が

この世で一番悲しい声よほうけたる母が母呼ぶ「おっかさん」

一心不乱にくづほれゆくか母発する声の猛々として

ゴウ〳〵と曇天低くヘリコプター行き交ひ母の声音といづれ

灯明かりに眠りてをれば安らけく母の歳月計りがたしも

母の人権有りや無しともゆらゆらと陽炎揺れる今日誕生日

残照もなき母なれば翳深く眠れる母よ我は灯《とも》さむ

諦観が必要老人介護には眠れる母が云つてゐるなり

白梅の咲《ひら》き初めたる春の朝自衛隊ついにイラクに行きぬ

行つてしまつた自衛隊巻きもどすねぢが失せたり夕暮れの街

病院のベッドに白くくるまれてつくづく小さき母でありしよ

髪白く顔白くして寝具白く入院の母の巡りは白き

逃げ出してさてどこへ行く蒼穹のぐるりとまるい星に住むなり

詠ふとは惨きことなりこはれゆく母のつぶさを言葉に紡ぐ

消えてゆく真際になりてこれほどに見つめられたるわれはいやなり

治療不可能母告げられぬ病院を出づれば春の光はたけき

一月《ひとつき》の入所に母を送りゆくいよよ咲き満つる桜の下を

花曇る夕べは淋し今日母を施設に送りしのちの花冷え

曇天に桜も昏む夕昏む母に施設の永き日始まる

西へ西へ母漕ぎ出だしいつのまにめぐりて母は我にか還る

この母が死んでゆくのかこんなにも小さく細くなりたる母上

ふはくとミモザの黄の明かるき日母のおもはぬ余命告げらる

纏ふものなければ命手づかみに生きゐるやう母なりにけり

老残も見せ尽くしたる母なれば恐いものなし生きろよ生きよ

一夜かけてトルコききやうの花ひらき百合がひらきて母は冷えゆく

死者の側はことに明かるく照らされて少し若かり母の写真よ

赤きらふそく灯せば赤く滴りて涙の粒のごとき連なり

もう母が居ない日三十七日が過ぎて本屋に本取りに行く

蟬の声青空夾竹桃の赤朱夏のモザイクくっきりとして

応へなきことが応へと淋しかり花の季節も過ぎてしまへり

月光が及ぶあたりに父の骨　骨となりたる母を置くなり

ガラス戸の向かうに夜は白くありぼあんと白き夜は明けにけり

姑

口中の洞深くして静かなりもの言はぬ姑《はは》もの食はぬ姑

手ふれなば姑は冷き皮膚もちて弾みくるものことごとく無く

死は現在進行形手先にははや血はゆかず冷えてゆけると

義兄からの電話

死にてゆく姑に無援の時は長く長くしづかに過ぎてゆくなり

ゆつくりと玉と落ちゆく点滴も姑の命も極まりてゆく

たましひを吐きたるごとく口少し開きて姑は死に給ひけり

さても死は不可思議なるや残像の姑よいつまで眠る夕暮れ

姑が一番気にいるだらう写真選りをるに男らは言ふ「たいして変わらん」

ほつこりと姑は死にたりしばらくを外はほの明かり「ああもう朝」

骨ひろふ真白き小さきのどぼとけまこと仏となりたる姑よ

姑はもう真白き骨と変はりたり涼しき音にくづれてゆけり

桜を拾ふ

済生会京都府病院骨折入院

軒1／6　空2／6　磨硝子3／6ベッドから見える方形

降る雪は影をまとひて舞ひ落ちる空より少し濃い色をして

たまたまがいくつもいくつも重なりて縁が生まれる空は晴れたり

霞んでく京都タワーの見え隠れ比叡の稜線とぎれとぎれて

身に起らなければ忘れること多く雲は形を変へつつ動く

もの思ふ時間夢みし時間重なりて眠りの時間分からなくなりぬ

新聞のない一月がはや過ぎて弥生十日の四階病床

黒雲の動きは速し白雲を覆ひつくして薄墨の天

遠霞む左に愛宕右比叡底に静もる薄ずむ都

淋しさは整ひてくる何処からかしづかにしづかに整ひてくる
ゆつくりと薄桃色に暮れてゆく雨上がりの空雨上がりの街

素材　Mr. Y.S（担当リハビリ理学療法士の先生）

まっすぐな立ち姿なるリハビリの先生はんと杉のやうだよ

「まっすぐなまま眠るの？」聞いてみた両手を合はせ頬かたむける

「lucky? unlucky?　土曜のリハビリ」間髪入れず断然lucky!

車椅子の前にしやがんで聞いてくる私はlucky!　断然lucky!

車椅子の操作誉めてもらつた担当になつてすぐ　自信あるんだ私

くしゆくくと瞼を擦りてまばたいて泣いてる先生花粉症なり

コンタクトはづして眼鏡かけてをり仕事には向かないと言ひつつ

一ミリの痛みを直《ただ》す先生のしづかな声を聞きをり我も

生真面が歩いてゐるよな先生に我が無手勝流つと躱される

「また何かやってる」「そ、今日は栞可愛いいのできたらあげるからね」

佐藤さんの「スンゲー」がよくわからない短歌一首で「スンゲー」だもんね

本、栞迷惑さうに持つてつた　読まなくていい邪魔にもならない

車椅子ハンドボール楽しさう乗り廻すだけなら私も得意

聞いてみた「短歌のモデルにしてもいい？」「いいよどうぞ」素直すぎるよ

まっすぐね身体と言つたらにこにこと「僕腹筋鍛えてるんで」

たぶん少し違ふと思ふ厚みがないだからまつすぐきれいに見える

でもほんとだよ綺麗な立ち姿そのままずつとまつすぐでゐて

我の一歩蟻の百歩と競ひつつ桜つぼみの道を歩みぬ

はやぶさの帰還写真出できたる光りつつ星と見えつつ

月の石の展示を見しははるか過ぎてそれより進まぬ私の宇宙

花だよりここにも届きいくつかの花の面影辿る真昼間

指をれば歌はできるよ返歌一首期待してていいかなmr. Y.S

中学生の時転んで腰の骨を痛めたそう

先生の走る姿をいつか見る骨折るほどの走る姿を

last letterそのうち歌は湧いてきてとどまらざりし君まだ素材

四月八日　花まつり

花まつりなつかしきかな釈迦牟尼にかけたる甘茶小さな柄杓

崖ほどの急坂登る桜までの最短距離は最強リハビリ

さくら拾ふ君を見てゐる昼下りさくらまみれの君が愉しい

花拾ふ君にはらりと舞ひ落ちるはなびら君は桜が似合ふ

君が今拾ひし桜どれよりもきれいな桜になるから見てて

拾ひたる桜に名付く佐藤さんのさくらと名付く君が拾ひし

佐藤さんの桜グラスの中に咲く我に倣って拾ひしさくら

花筏グラスに流しとどめたり飽かず眺めてひと日を過ごす

佐藤さんの桜グラスいっぱいにとなりのベッドの人にもあげる

佐藤さんの桜今朝も咲いてゐるありがと少し疲れた桜

空色の空広がりてふんはりと雲も流れて病室の窓

一日試験帰宅鉢植の桜が咲いていた

鉢桜貴方にあげる帰院《かへ》つたら桜拾つてくれたお礼に

この世の外に咲く花ならばさくら花今年見し花拾ひし桜

「僕、まだ成長期なので」高一の七歳差論にmr. Y.S苦笑す

手紙遊び

斉藤さんへ

たぶん桜グラスに浮かべた桜花それだけのことにこんなにありがたう

出会ふ度「大丈夫?」聞いてくれる、ありがと私メゲないからね

中村さんへ

栞ダメ本ダメキャラメルダメガンコがここにひとり中村

笑顔がね悩みなさそで挨拶が丁寧すぎて返しきれない

佐藤さんへ

リハビリでおもひつきり膝曲げてくる蹴とばしてもまだ足りない痛さ

この痛さ必要なのだと思ひつつ握りしめてるゲンコをひとつ

五月一日、今日から新元号「令和」

令和元年五月一日六時　夜明けの緑滴るばかり

蔦蔓葉裏返して吹く風の爽やかなりし車椅子にも

蜜蜂がつつじの花に素潜りして蜜吸ふ様を見てをりしばし

「先生も悩みます迷いますす」と久本先生我が失態が悩ませてをり

ひとひらの白い小さな翅拾ふ空の何処を舞ひ落ちてきし

夜目白く花と見まがふ新芽もつ細き葉の樹の名を知らぬなり

うぐひすの啼く音聞きたり早朝の済生会の玄関先に

ゑのころの群生揺れるほははと病院前の丘のなだりに

ふはふはと陽を返しつつゑのころが揺れてゐる丘丘までの距離

吹き荒ぶ風と話をしてみようそんなに急いで何処へ行くのと

日向より咲ききりていまつつじ花こちら蔭りの中で咲きをり

車椅子で真上の空を見上ぐれば見上ぐるほどに深く深くと

梢揺らし葉末を揺らし蔦蔓葉裏を返す風を見てをり

重なれるみどりみどりの草見つつ風吹けばまた風を見るなり

花の名を思ひ出せずに日々眺む日毎数増す薄紅の花

標なす風の通りをそれぞれに草は揺らぎて遊びてをるか

考へることが何もできなくて風を見てをり葉裏見てをり

「ダルマさんが転んだ」ダルマは転んでも自力で起きる足は折らない

白花の夾竹桃が咲き盛りざつくり揺れる比叡を遠くに

病床に折鶴などもいただきて窓辺に揺れるいつか飛び立て

なんで今こんな所にこの時間居るはずないのにゐる佐藤さん

ソフトボールの試合だつたと日曜二十時病院ロビーにばつたり出会ふ

三重まで行つて一回戦勝ち、二、三回負けニコニコしてる

車椅子好きなんだよねでもたうとう取り上げられた六月十八日

あちこちを休日の度痛めてる先生私がリハビリしようか
（佐藤先生）

夕暮れの薄ずむ街にやはらかく京都タワーの灯が見える

涙袋鍛へておかうさよならは空の青さと月にまかせて

目つぶれど浮かぶものなき眼裏に陰りとうすき光交差す

久本医師に先に言はれちやつた「ありがとう」は「先生転んだ」と「もう来ないこと」

退院を明日に控へて

ざんざんと雨降り夕空晴れ渡る私のかはりに泣いてくれしか

半年はながかりしかな内三ヶ月を自ら招き再びを居り

頂のみ見せて雲にとざされて比叡はありぬ霧をまとひて

看護師の小さき短かき手紙なりときどき開き読む病床に

（仁美さん）

口尖らせて膝を曲げてる先生の髪をときどきつつきたくなる

くせっ毛の短かい髪がふはふはでくしゃくしたい気持ちよささう

「髪すっきりしすぎた？」「僕めっちゃ短かいのが好きなんで」ま、似合ってるけど

退院の朝

退院の朝二人してドアの前だまって見てる危ぶんでるの？
二人してそんな顔して見てないで「元気でガンバレ」ぐらゐ言ってよ
（佐藤さん・斉藤さん）
退院の途中大きな虹かかる左の根方に我が家がある

ありがとう佐《さ》藤《とう》克《よし》輝《き》先生

さ　さよならを
とう　十つぶやいて
よ　ようやくに
し　鎮めしこころ
き　君にさよなら

晴れし冬

晴れし冬
ときどき寒い
ベランダの葉が揺れる
枝まで揺れる
窓ガラスが曇る
景色がやさしくなる
窓ガラスに習字をする

「こんにちは」
「いらっしゃい」と書く
景色が透明になる

その日

その日
一九九九　七の月
最終日の長い一秒が過ぎた
何事もなく
——あの日から何年——
予言のないその日
海の底の深い所が動いた

そして海が襲った
ノストラダムスの予言
弓張島は火の堝と

竹林

真直ぐ伸びて
高々と伸びて
枝葉を広げ
しなやかにしなりながら
しかし深く交差することもない
この竹の林の土の中では
からみにからみあった根が

どこまでも延びる

軍艦島（端島）

幾万の人が
笑い
泣き
働き
勉強して
ここで生まれ
ここで死んでも

この島に墓はない
あるいは
掘り進んだ海底の
いくつも延びている抗の奥に
死は息づいているのだろうか

海

どうぞこの海を見つづけて下さい
昨夜降り続いた雨で
すっかり洗われた岬は
今少しづつ色を取り戻しつつあります
曇り空に
なんとなく日が差し
おぼろだった海、空も

少しづつ水平線がはっきりしてきて
小さな入江に
緑が映ってきました
この明かるさは何でしょう
天も海も白く曇って
白い明かるさです
先ほどから屋根に落ちる雨の音が
しきりです

東京２０２０オリンピック

「yes」とも「NO」とも言へずコロナ禍のオリンピックや夏燕飛ぶ

桜を拾う　あとがき

桜が大好きです。

この歌集に桜の歌は少ないですが、昨年半年ほどの入院中に桜の季節が来て過ぎました。

リハビリで外歩きの時、桜の下を歩き、花びらを拾ったり、また私が拾うのを見てリハビリの先生が同じ様に拾ってくれました。

拾い集めた花びらをグラスに浮かべて楽しんでいました。

桜の歌は少しだけですが、歌集名は「桜を拾ふ」がいいなと思いました。

二〇二二年一月

佐久間　潤子

歌集　桜を拾ふ

初版発行日　二〇二二年二月二十三日

著　者　佐久間潤子

京都府長岡京市西の京一—八（〒六一七—〇八一六）

定　価　二五〇〇円

発行者　永田　淳

発行所　青磁社

京都市北区上賀茂豊田町四〇—一（〒六〇三—八〇四五）

電話　〇七五—七〇五—二八三八

振替　〇〇九四〇—二—一二四二二四

https://seijisya.com

装　幀　仁井谷伴子

印刷・製本　創栄図書印刷

ISBN978-4-86198-532-4 C0092 ¥2500E